I0683933

I

MEMOIRE

POUR Leger Bordé, Fermier du Domaine de la Baronnie de Monchy-le-Châtel, & Michelle-Angelique Bordé sa fille, Appellans comme d'abus des Sentences des Officialités de Beauvais & de Reims, des 16 Juin, 30 Août 1731. & 26 Juin 1732. & des procedures extraordinaires qui ont précedé lesdites Sentences, & Demandeurs.

CONTRE Me. Claude Ficheux, Prêtre, Chanoine de l'Eglise Collegiale de Monchy-le-Châtel, Intimé & Défendeur.

CONCLUSIONS.

LES Appellans demandent, qu'il plaise à la Cour, faisant droit sur les Appellations comme d'abus, qu'ils ont interjetté des Sentences de l'Officialité de Beauvais, dire qu'il y a abus dans la Sentence du 16 Juin 1731. dans les confrontations faites par l'Official le 4 Juillet 1731. & jours suivans, & dans toutes les procedures, ensemble dans la Sentence definitive du 30 Août de la même année 1731.

En ce qui touche l'apel de la procedure tenuë, & de la Sentence renduë sur l'appel simple en l'Officialité Métropolitaine de Reims le 26 Juin 1732. dire qu'il a été mal, nullement & abusivement procedé, statué, ordonné & jugé.

Faisant droit sur leur demande, renvoyer l'Intimé en l'Officialité de Beauvais, pour lui être le procès fait & parfait de nouveau, pour raison du délit commun, à la requête du Promoteur en ladite Officialité.

A cette fin ordonner, que M. l'Evêque de Beauvais nommera un Official, autre que celui qui a déliberé les Sentences dont est appel comme d'abus, à la charge du cas privilegié, pour lequel assistera le Lieutenant Criminel de Beauvais, & que l'instruction sera par ledit Lieutenant Criminel faite conjointement avec l'Official qui sera commis, & le procès par lui fait & parfait à l'Intimé à la requête & diligence des Appellans, le Substitut de M. le Procureur Général joint, jusqu'à Sentence definitive inclusivement, sauf l'exécution, s'il en est apellé.

A cet effet ordonner, que toutes les grosses des procedures & des informations qui sont au Greffe de la Cour seront portées au Greffe de l'Officialité de Beauvais, pour les procedures déclarées nulles servir de mémoires seulement, même l'interrogatoire subi par l'Intimé en la Chambre du Conseil de l'Officialité Métropolitaine de Reims le 26 Juin 1732. par lequel il a déclaré par sa réponse sur le sixiéme article, qu'il étoit Parent au troisiéme degré de Leger Bordé, pere de Michelle-Angelique Bordé, laquelle déclaration servira d'addition de plainte au Promoteur de Beauvais.

Ordonner, que l'Official commis sera tenu de faire délivrer au Lieutenant Criminel de Beauvais des Expeditions de toutes les procedures, pour lui servir à ladite instruction & au Jugement du procès.

Que l'Official commis ne se pourra faire assister, lors du Jugement qui interviendra, des mêmes personnes qui ont déliberé la Sentence du 30 Août 1731.

Sauf & sans préjudice aux Appellans de se pourvoir, ainsi qu'ils aviseront, pardevant le Lieutenant Criminel de Beauvais sur leur demande, afin de charge de l'enfant, que Michelle-Angelique Bordé a mis au jour, & afin de dommages & interests, & à former telles nouvelles demandes qu'ils jugeront à propos, afin de condamnation des dépens faits dans les procès instruits

A

dans les *Officialités de Beauvais & de Reims*, dont les procedures & Sentences seront déclarées abusives.

Ordonner, que les procedures déclarées nulles seront refaites aux frais & dépens de l'Official de Beauvais.

Permettre aux Appellans de faire entendre de nouveaux témoins, autres que ceux entendus dans les informations ci-devant faites.

Attendu les contraventions aux Ordonnances cy-devant commises par les Officiaux de Beauvais & de Reims, enjoindre à l'Official qui sera nommé par M. l'Evêque de Beauvais, & au Lieutenant Criminel dudit Beauvais, d'observer & de se conformer aux Ordonnances, Arrêts & Reglemens de la Cour.

Condamner l'Intimé aux dépens des Appellations comme d'abus & demande.

Sauf à M. le Procureur General à prendre telles conclusions qu'il avisera pour la vindicte publique.

LA Mineure infortunée, qui a interjetté l'Appel comme d'abus dont il s'agit, seduite, ravie par un Prêtre son Cousin, dans l'obligation de pourvoir à la subsistance du fruit de la seduction, a sous l'autorité de son Pere, déja porté ses plaintes en trois diverses Jurisdictions, où elles ont eù un fort bien different & bien contraire.

Le Juge des lieux a commencé l'instruction du procès. L'Official l'en a dessaisi en le revendiquant. De l'Official ordinaire, le procès a été porté par la voïe de l'appel simple devant l'Official Métropolitain, & il est tout-à-fait surprenant dans quel contraste bizarre les Sentences de ces deux Juges d'Eglise font entrevoir l'accusé.

En l'Officialité ordinaire, il est duëment & suffisamment atteint & convaincu des crimes dont il est accusé. En l'Officialité Métropolitaine, son Evêque, bien instruit de sa conduite passée, a demandé que la Sentence de son Official fut confirmée au chef où elle condamnoit l'Accusé en des peines canoniques; & cependant l'Official Métropolitain l'a renvoyé des chefs d'accusation intentés contre lui, & des condamnations contre lui prononcées; il l'a relevé de l'interdit, & renvoyé à ses fonctions; il a condamné l'Evêque & les Accusateurs aux dépens; & permis même à l'Accusé de se pourvoir contre ses Parties civiles, pour obtenir contre elles des dommages & interêts.

Dans une accusation aussi grave que celle dont il s'agit, où la punition des crimes interesse l'Eglise & l'Etat; une difference & une varieté si disproportionnée de Jugemens rend infailliblement la conduite de l'un des deux Juges suspecte. Il n'est pas possible que l'Accusé soit dans le même procès, d'un côté totalement criminel, & de l'autre d'une innocence si épurée, qu'elle merite des dommages & interêts. Il est sensible que la Justice a dans de telles rencontres un interest considerable de démêler la verité, & de dissiper le doute.

La conduite irreguliere des deux Officiaux en administre les moyens, en donnant lieu à un appel comme d'abus de leurs Sentences. Le pere s'est joint à sa fille pour interjetter cet appel. La Cour, en leur accordant les conclusions qu'ils ont prises, réprimera des entreprises que les Officiaux ont fait sur la Justice Seculiere, les obligera de se conformer aux Ordonnances & aux Loix Ecclesiastiques, ausquelles ils ont contrevenu, & livrera à des Juges competens un Prêtre séducteur, ravisseur & incestueux.

Si l'égarement du cœur de l'accusé n'eût pas produit celui de son esprit, il n'auroit pas réduit ses parens à la fatale extremité de demander que l'on lui fît son Procès. Quoique pénétrés d'un juste ressentiment de l'injure qu'il leur avoit fait, ils n'ont point oublié d'abord ce que les droits du sang, & la conservation même de leur propre réputation exigeoient d'eux en une si triste occurrence. Ils ne demandoient qu'à étouffer une affaire si funeste, s'il eût voulu seulement pourvoir à ce que la nature le condamnoit de donner. Comme il a rejetté tout temperamment de douceur, & que pour paroître innocent, il a osé accuser sa cousine de la conduite la plus déréglée; pour se justifier de ce nouveau dégré d'opprobre, elle a surmonté la honte d'avoüer les crimes ausquels le séducteur l'a fait participer. C'est par cette fatale nécessité qu'elle s'est enfin résoluë à faire à la Cour le récit de ses malheurs, pour lui demander ensuite justice de celui qui en est l'Auteur.

L'Appelant est depuis longtems Fermier du Domaine de la Baronnie de Monchy-le-Châtel, qui appartient à M. le Duc de Noailles.

Il y a dans ce lieu une Collegiale dont les Canonicats sont à la nomination de M. le Duc de Noailles.

L'un de ces Canonicats ayant vacqué par le décés d'un des Chanoines, l'Intimé, qui s'ennuyoit d'avoir été seulement jusqu'alors ou Chapelain, ou Vicaire dans le Diocése, pria l'Appelant son cousin de demander pour lui à M. le Duc de Noailles la nomination du Canonicat vacant. L'Appelant s'y porta d'inclination ; il en fit la demande. Son maître eut la bonté de le gratifier du Benefice pour son cousin.

Lorsque l'Intimé eut pris possession de son Canonicat, il representa à l'Appelant que sa Maison Canoniale n'étoit point habitable jusqu'à ce qu'il l'eut fait réparer, qu'il n'avoit point non plus les meubles nécessaires pour la garnir & la mettre en état de pouvoir y loger, & qu'enfin il n'avoit point encore de Gouvernante pour lui préparer sa nourriture. Attendu ces inconveniens, il pria son cousin de lui donner un lit chez lui, & sa table, jusqu'à ce qu'il se fut arrangé, & il offrit de lui tenir compte de sa nourriture & de son logement.

L'Appelant qui avoit commencé à rendre service à son cousin, saisit avec plaisir la nouvelle occasion de lui être utile, & ne refusa des propositions qu'il lui fit, que celle où il s'agissoit de païement.

L'Intimé vécut donc & logea quelque tems gratuitement chés son cousin. Ce fut pendant le séjour qu'il y fit, qu'il viola les droits de l'hospitalité, en profitant des rélations que ce séjour lui donnoit avec Michelle-Angelique Bordé fille mineure de son cousin, pour commencer à jetter dans l'esprit & dans le cœur de cette mineure les principes d'une seduction, dont il a depuis rendu les suites si criminelles.

Lors qu'il eût quitté la maison de son cousin pour aller habiter la sienne, il attira sous differens pretextes la mineure dans sa maison & l'y retint frequemment à souper. Son pere n'avoit pas alors connoissance que ces entrevüës fussent si frequentes, ni si familieres ; ce qu'il en sçavoit, ne pouvoit lui donner le moindre soupçon sur un homme d'un âge mur, qui s'etoit depuis dix-huit années consacré au sacerdoce ; parent de la mineure, & en qui, après les services qu'il venoit réçemment de lui rendre, il croïoit être en droit d'avoir plus de confiance.

Ces frequentations, que l'on croïoit innocentes, devinrent funestes à sa fille. L'Intimé après avoir d'abord abusé de la simplicité naturelle & ordinaire à une fille de cet âge & de cet état, pour la faire venir chés lui librement, se trouvant seul avec elle dans sa maison emploïa la force pour consommer ses incestueux desseins.

Quelque tems après la fille eut des indispositions dont le pere ignoroit la cause. L'Intimé qui seul en avoit connoissance & qui en rédoutoit les suites, vint chés elle determiner le pere & le Chirugien à la saigner du pied : on laisse à penser dans quel dessein il agissoit ainsi, il en couteroit trop pour exprimer ce dont la seule idée fait horreur.

Bientôt la famille de la fille ne pût plus ignorer qu'elle ne fut enceinte. Elle fut forcée d'avouer l'état malheureux où elle se trouvoit, mais lorsqu'on lui fit des instances pour lui faire déclarer quel étoit le pere de l'enfant, elle répondoit seulement avec un torrent de larmes, qu'il étoit inutile qu'elle le fit connoître, parce qu'elle ne pouvoit jamais l'avoir pour mari. Ce silence étoit l'effet des promesses & des menaces que l'Intimé lui avoit fait, pour l'obliger à ne le point déceler.

Cependant, lors que l'on lui eût fait connoître la necessité où les loix du Roïaume la mettoient de faire sa déclaration, & les perils qu'elle couroit en ne la faisant pas, elle se détermina à déclarer par un acte reçu par le Juge du lieu en presence du Procureur Fiscal le 27 Decembre 1730. son nom, sa minorité, qu'elle étoit enceinte de sept mois des œuvres de l'Intimé, qui après avoir tenté plusieurs fois inutilement de la seduire, avoit enfin emploïé la force pour commetre son crime. Elle en rendit plainte au Juge, qui lui enjoignit de conserver son fruit, la mit à la garde de son pere, qui offrit de s'en charger. Le Juge ordonna encore qu'ils lui rapporteroient d'abord un certificat de la naissance de l'enfant, & un autre de mois en mois de l'état ou il seroit après être venu au monde.

Auſſitôt que l'Appelant eût appris le nom du ſeducteur de ſa fille, il le fut trouver, pour l'engager à ſe charger de l'enfant. Quelque reſſentiment qu'il eut contre lui, il ne pouvoit ſe reſoudre à intenter en Juſtice une telle accuſation contre un Preſtre ſon parent, &d'ailleurs il avoit un interêt ſenſible à cacher au public la triſte ſituation où étoit ſa fille.

Quelques inſtances & quelques repreſentations que l'Appelant ait fait à l'Intimé, il ne voulut jamais convenir qu'il étoit pere de l'enfant, à l'état & à la ſubſiſtance duquel il s'agiſſoit de pourvoir, ni ſe prêter aux propoſitions d'accommodement qu'on lui fit alors; & par un eſprit de vertige, au lieu d'entrer dans les temperammens de douceur qu'on lui offrit, il eut l'impudence de ſe dechaîner ſur la reputation de ſa couſine, & pour ſe faire croire innocent, il en parla comme d'une proſtituée.

Le pere & la fille ne purent ſuporter ce nouvel affront que l'Intimé faiſoit gratuitement à ſa couſine, ſon obſtination & ſes mauvais diſcours les mirent dans la triſte neceſſité de le pourſuivre juridiquement.

Le pere pour éviter l'éclat, envoïa ſa fille faire ſes couches à Paris. Le 11 Février 1731. elle y mit au monde un enfant mâle qui fut baptiſé le même jour ſur les fonds de l'Egliſe de Saint Benoît, & eut nom Claude, fils de Claude Ficheux & de Michelle-Angelique Bordé.

Neuf jours après, le 20 du même mois de Février, l'Appelant preſenta, ſous le nom de ſa fille, Requête au Juge de Monchy, par laquelle il lui rendit plainte une ſeconde fois de la ſeduction exercée par l'Intimé à l'égard de ſa fille mineure. Il lui expoſa l'état de ſa fille & de l'enfant qu'elle avoit mis au monde; il conclut à ce qu'il lui fut donné acte de la plainte qu'elle formoit contre l'Intimé, requit qu'il fût informé du contenu en icelle à ſa requête; avec la jonction du Procureur Fiſcal, & déclara qu'elle ſe rendoit Partie formelle, & offroit d'adminiſtrer temoins.

Le Juge de Monchy a informé & décreté l'Intimé d'un ſimple aſſigné pour être oüi le 6 Mars ſuivant, & le même jour, ſur la Requête de la fille, procedant ſous l'autorité de ſon pere, il lui adjugea une proviſion de 70 livres, que l'Intimé païa.

Le 7 Mars le Promoteur de l'Officialité de Beauvais revendiqua le Procès & l'Accuſé, attendu ſon état & qualité de Preſtre & de Chanoine & ſuivant ſon privilege.

Le Juge de Monchy, par ſon Ordonnance du 14 Mars, defera à la revendication, avec cette reſtriction neanmoins, *pour ce qui concerne la diſcipline Eccleſiaſtique, ſauf & ſans prejudice de la pourſuite de la fille, pour ce qui concerne les interêts civils.* Par la premiere Requête que les Appelants preſenterent à l'Official, ils firent encore cette reſerve *ſans prejudice des droits & interêts civils, pour leſquels ils requerent d'être renvoïés devant Juge competent.*

Le 16 Avril l'Official rendit une Sentence par laquelle il ordonna l'execution du décret d'aſſigné pour être oüi decerné par le Juge de Monchy, que l'Accuſé ſeroit en conſequence aſſigné pour ſubir l'interrogatoire, & permit de faire informer par addition.

Le 17 on donna aſſignation à l'Accuſé pour ſubir interrogatoire, tant en vertu du décret d'aſſigné pour être oüi du Juge de Monchy, que de l'Ordonnance renduë par l'Official le jour précedent.

L'Official informa par addition, & ordonna que les nouvelles informations ſeroient jointes aux précedentes, & que l'Accuſé ſeroit interrogé ſur les faits qui y étoient contenus.

L'Accuſé n'ayant point comparu pour ſubir interrogatoire, depuis le 17 Avril qu'il avoit été aſſigné à cet effet juſqu'au 10 Mai; l'Official convertit alors le decret d'aſſigné pour être oui, décerné par le Juge de Monchy en decret d'adjournement perſonnel, par lequel il interdit expreſſement l'Accuſé des fonctions & exercice de ſes ordres.

Cinq jours après l'Accuſé comparut au Greffe, où il demanda acte de ce qu'il ſe preſentoit pour obéir à Juſtice; à l'effet d'eſter à droit, *comme contraint & forcé, & ſans aucunement approuver la procedure tenuë par Bordé & ſa fille, & aux proteſtations de ſe pourvoir contre le tout par les voies de droit & ainſi qu'il appartiendroit.*

L'Accuſé ſubit interrogatoire, dans lequel il réitera ſes proteſtations. Il demanda d'être relevé de ſon interdit; mais l'Official ſe contenta de joindre ſa Requête au principal.

Le

Le 29 Mai il fut rendu une Ordonnance, portant que les témoins seroient recolés & confrontés à l'Accusé. Le premier Juin les témoins furent recolés, mais ils ne purent être confrontés, attendu que l'Accusé ne comparut point. Tout au contraire, il fit signifier à l'Official, au Promoteur & aux Appellans un acte, par lequel il se portoit appellant comme d'abus de toute la procedure qui avoit été faite par le Juge de Monchy, à commencer depuis la plainte ; & de celle faite par l'Official jusqu'à ce jour.

Le 16 Juin l'Official rendit une Sentence, portant défaut contre l'Accusé défaillant, faute de comparoir pour être confronté aux témoins, & pour le profit convertit le decret d'adjournement personel en decret de prise de corps. Ce qui est à observer, est qu'il ajoûte, *& aprés perquisition de sa personne, il sera assigné à la quinzaine à domicile, & à la huitaine à cri public, & cependant ses biens saisis & annotés, & à iceux établi Commissaire.*

Le 21 Juin 1731. l'Intimé donna une Requête à l'Official, par laquelle il soutenoit la nullité de la procedure faite par le Juge de Monchy, & celle de l'Officialité, attendu que la premiere y avoit servi de fondement ; il y fit mention de l'apel comme d'abus qu'il en avoit interjetté ; & cependant par une contravention manifeste, il demanda que sans préjudicier à son apel, le procès fut jugé en l'état qu'il se trouvoit, à être déchargé de l'accusation, & rétabli dans ses fonctions ; & que si l'Official jugeoit qu'il fut necessaire d'une plus ample instruction, qu'il ordonnât que l'Accusatrice seroit tenuë de faire proceder dans trois jours au recollement & confrontations des témoins, & faire toutes procedures, pour mettre le procès en état d'être jugé définitivement, faute de quoi il seroit renvoyé absous.

Les confrontations furent faites, après quoi l'Intimé demanda à être déchargé de l'accusation, & que l'Appellante fut condamnée aux dépens. Il fut interrogé une seconde fois après la visite du procès, & en procedant au jugement. Les choses en cet état, est intervenuë la Sentence definitive de l'Official de Beauvais du 30 Aoust 1731.

Par cette Sentence, l'Official *déclare l'Intimé duëment & suffisamment atteint & convaincu d'avoir eû frequentation, privauté & mauvais commerce, même habitude charnelle avec Michelle-Angelique Bordé, dont est issu un enfant ; pour réparation de quoi, & des autres cas resultans du procés, il le condamne à se retirer incessamment dans le Seminaire du Diocese, ou à telle autre Maison reguliere qu'il plaira à M. l'Evêque de Beauvais de lui indiquer, & d'y rester pendant six mois ; durant lequel tems, il sera tenu de jeûner tous & chacun les jours de Vendredy & de Samedy, & recitera lesdits jours de jeûne, outre son Office ordinaire, les Sept Pseaumes de la Penitence, à genoux & tête nuë, & demeurera pendant ledit tems de six mois interdit de toutes fonctions & exercices de saints Ordres ; il assistera à tous les Offices & Prieres de la Maison où il sera retiré ; dont & de quoi il sera tenu de rapporter une Attestation & Certificat en bonne forme du Superieur de la Maison où il sera. Il le condamne en vingt livres d'aumône appliquables, moitié aux pauvres de la Paroisse de Monchy, & l'autre moitié aux pauvres Prisonniers de la Ville de Beauvais. Il condamne l'Accusé à se charger de Pierre-Claude Ficheux, né & baptisé le 11 Fevrier précedent ; à le nourrir, entretenir & faire élever, & en la somme de 150 liv. de dommages & interêts envers Michelle-Angelique Bordé, & en tous les dépens.*

Cette Sentence signifiée à l'Intimé le 6 Septembre 1731. il en interjetta apel comme d'abus par un simple acte, en adherant aux appellations par lui ci-devant interjettées, pour les moyens de nullité à déduire en tems & lieu.

Cependant l'Intimé, au lieu de suivre ses apels comme d'abus, traduisit Bordé & sa fille par la voie de l'appel simple pardevant l'Official Metropolitain de Reims, dont Beauvais est suffragant. Lorsqu'ils y eurent comparu & constitué Procureur, l'Official Métropolitain prononça le 15 Decembre un appointement de conclusion, par lequel il ordonna que les Parties cotteroient griefs, & produiroient dans le tems de l'Ordonnance.

L'Intimé jugea à propos de prendre le 22 Decembre 1731. une nouvelle commission de l'Official Métropolitain, pour faire assigner M. l'Evêque de Beauvais pour prendre le fait & cause de son Promoteur, l'avoüer, ou le désavoüer, & voir infirmer avec lui la Sentence de son Official ; il lui fit donner assignation en consequence, le 29 du même mois.

B

M. l'Evêque de Beauvais comparut, & prit le fait & caufe de fon Promoteur. L'appointement de conclufion ci-devant rendu entre les Parties le 15 Décembre 1731. fut déclaré commun avec lui par Sentence du 22 Mars 1732.

En execution de l'appointement de conclufion, les Parties fournirent de Griefs, Réponfes à Griefs, Salvations, & ils produifirent.

Les Conclufions de l'Intimé fur l'appel en l'Officialité Métropolitaine, font remarquables. Il y demanda qu'il fut dit par la Sentence qui interviendroit, *Qu'il avoit été mal, nullement procedé, décreté, informé & jugé, par la plainte, permiffion d'informer, décret, jugement de converfion de decrets & Sentence définitive, bien appellé; émandant, déclarer toute la procedure nulle, & à être déchargé des condamnations portées par la Sentence dont étoit appel.*

M. l'Evêque de Beauvais de fa part conclut, à ce qu'il fut ordonné; que ce dont étoit appel, en ce qui concerne les peines Canoniques, fortiroit effet; que l'Accufé fut condamné aux dépens; fauf à Bordé & à fa fille à foûtenir le furplus des difpofitions de la Sentence, s'il le jugeoient à propos.

L'Official Métropolitain a fait fubir interrogatoire à l'Accufé, avant de prononcer fon Jugement; & l'Accufé par fa réponfe à l'article fix de cet interrogatoire, a déclaré qu'il étoit parent au troifiéme degré de Leger Bordé.

Le 26 Juin 1732. l'Official Métropolitain de Reims, a rendu fa Sentence définitive, par laquelle il a dit, *Qu'il avoit été mal jugé par la Sentence dont étoit appel, bien appellé, émandant, il a déchargé l'Accufé des condamnations portées par cette Sentence; en confequence l'a renvoyé des chefs d'accufation & conclufions prifes contre lui; la relevé de l'interdit contre lui prononcé, & l'a renvoyé à fes fonctions. Il a condamné M. l'Evêque de Beauvais & Bordé & fa fille, en tous les dépens, tant des caufes principales, que d'appel, chacun en ce qui les concerne; fauf à l'Accufé à fe pourvoir ainfi & pardevant qui il aviferoit bon être, pour raifon des dommages & interefts refultans des accufations.*

Le Raviffeur fit fignifier cette Sentence, qui le juftifioit, à fes Accufateurs, & il fe difpofoit déja à les traduire pardevant les Juges Laïques de Beauvais, pour obtenir contre eux des dommages & interefts, lorfqu'ils interjetterent l'appel comme d'abus dont il s'agit.

Sur la Requefte qu'ils préfenterent en la Cour, fur le vû des pieces & fur les Conclufions de Meffieurs les Gens Roi, ils y ont obtenu le 16 Septembre un Arreft qui les reçoit Appellans comme d'abus des Sentences de l'Officialité de Beauvais & de Reims des 16 Juin, 30 Aouft 1731. & 26 Juin 1732. enfemble de la procedure extraordinaire faite par l'Official de Beauvais, & de tout ce qui a fuivi; qui a ordonné l'apport des charges, a tenu leur appel pour bien relevé, & leur a permis de faire intimer fur icelui qui bon leur fembleroit.

Le 8 Octobre 1732. Bordé & fa fille ont fait intimer le Seducteur fur cet appel. Comme il n'a point comparu, ils ont levé leur défaut au Greffe, & en ont fait juger le profit par Arreft rendu au rapport de M. Titon le 3 Aouft 1733. Depuis le le Défaillant y a été reçu oppofant, en refondant les dépens.

C'eft fur cet Arreft, qui fut rendu en grande connoiffance de caufe, & après un mur examen, que les Appellans ont reglé leurs Conclufions. C'eft par cet Arreft, qu'ils ont eû connoiffance de quelques abus qui fe rencontrent dans la procedure extraordinaire dépofée au Greffe de la Cour. S'il paroît d'ailleurs, qu'ils ont appris quelque chofe de ce qui concerne les charges; la Cour n'en fera point furprife, lorfqu'ils auront eû l'honneur de lui obferver, qu'au moïen de l'appointement de conclufion prononcé par l'Official Métropolitain de Reims, le myftere des charges eft devenu public; & que comme dans les Griefs & Réponfes à Griefs, chacune des Parties a argumenté des dépofitions des témoins, ces dépofitions ne peuvent plus être des pieces fecrettes.

Il n'eft point queftion en la Cour d'examiner le fonds de l'affaire, qui confifte à fçavoir, fi l'Intimé eft coupable de ce dont on l'accufe, ou non. La connoiffance de ce point de fait eft refervée aux Juges, pardevant qui l'on efpere que la Cour renvoyera l'inftruction & le jugement du procès; ainfi il feroit quant à préfent inutile pour prouver l'affirmative, d'entrer dans un détail déplacé. Quelque attention & quelque circonfpection que l'on eût aporté dans le recit des faits; cette affaire entraîne avec elle tant de fcandale, que l'on craint, que la neceffité d'une défenfe legitime n'en ait deja trop fait dire. L'on eût bien defiré pouvoir intereffer la Juftice à venger le crime, fans être obligé de rapporter les affreufes circonftances qui l'agravent. Il faut du moins fe faire un devoir d'épargner à la Cour & au public une difcuffion de faits indecente, que rien ne rend quant à préfent neceffaire, & dans laquelle on ne pourroit entrer fans bleffer la pudeur & offenfer la modeftie.

C'eft fur des appels comme d'abus que la Cour a uniquement à prononcer ; toute la défenfe des Appellans fe réduit donc à démontrer les vices, les nullités & les abus des Sentences & des procedures, qu'ils demandent à la Cour de déclarer abufives. Pour fuivre l'ordre des dattes, les Appellans commenceront par examiner les abus de la procedure tenuë, & des Sentences renduës par l'Official de Beauvais.

Abus de la Procedure de l'Official de Beauvais en general.

Le Juge de Monchy avoit informé & décreté l'Accufé d'affigné pour être oüi, lorfque le Promoteur de Beauvais a revendiqué le procès. L'Official ordonna le 16 Avril, que le Decret du Juge de Monchy feroit exécuté, & que l'Accufé feroit affigné en conféquence, pour fubir interrogatoire fur les charges & informations rédigées par ce Juge. Le 10 Mai, il convertit le Decret d'affigné pour être oüi, décerné par ce Juge, en Decret d'ajournement perfonnel ; par conféquent toute la procedure faite par le Juge de Monchy, a été la bafe de celle de l'Official de Beauvais, & ce Juge d'Eglife a fait exécuter le Decret d'un Juge de Seigneur.

Or, il eft de principe, fuivant toutes les Ordonnances, que jamais le Juge d'Eglife n'inftruit avec le Juge de Seigneur, quand même il feroit queftion du délit privilegié. Dans l'ufage il n'y a point d'Official qui voulut inftruire avec aucun Juge de Seigneur ; tous regardent comme une de leurs prérogatives de ne pouvoir être aftraints à inftrumenter qu'avec les Juges Roïaux ; l'Official de Beauvais devoit donc ne point ftatuer fur la procedure d'un Juge avec lequel il n'auroit pas voulu inftruire.

Non feulement il n'auroit pas dû y ftatuer, mais même il n'a pû le faire par plufieurs raifons.

Premierement, il eft vrai que le Roy, par l'article 6. de la Declaration de 1678. *dit qu'au cas que les Ecclefiaftiques euffent efté cités devant SES JUGES, & qu'ils vinffent à être vendiqués par les Promoteurs des Officialités, ou renvoyés pour le délit commun, en ce cas les informations & autres procedures faites par SES JUGES fubfifteront, felon leur forme & teneur, pour être le procès fait, parachevé & jugé contre les Ecclefiaftiques, pour raifon du délit commun, fur ce qui aura efté fait par SES JUGES, jufqu'au renvoi & déclinatoire.*

Aux termes de cette Loi, ce n'eft que fur les informations & procedures faites par les feuls Juges Roïaux, que le Roy a permis aux Officiaux de ftatuer, & non fur celles dreffées par les Juges de Seigneur.

Le motif de cette Loi eft fenfible. Ou il n'eft queftion que d'un délit commun d'un Ecclefiaftique, & en ce cas l'Official eft feul Juge competent pour en connoître ; ou le délit eft privilegié, & alors aux termes de l'article 22. de l'Edit de Melun, de celui du mois de Février 1678. de la Declaration du mois de Février 1684. & de l'article 38. de l'Edit de 1695. ce font les feuls Lieutenants Criminels des Baillifs & Sénechaux qui peuvent connoître du cas privilegié ; de forte qu'en aucun cas un Juge de Seigneur ne peut, fuivant les Ordonnances, être competent pour connoître du délit d'un Ecclefiaftique ; & par conféquent, en aucun cas un Official ne peut ftatuer fur fes procedures. Il eft cependant vrai que dans nos ufages l'on tient pour maxime, *que tout Juge eft competent pour informer.* On adopte la maxime ; mais il ne faut pas lui donner plus d'étenduë qu'elle n'en a. Qu'en refultera-t'il ? Le Juge de Monchy a pû informer ; mais il n'a pû décreter ; la maxime ne lui en donne point le droit, dans le cas, fur tout où il a connu par les plaintes & les dépofitions des Témoins, qu'il s'agiffoit du Rapt d'une mineure, féduite *inter parentes*, & qu'un Prêtre étoit accufé de ce Rapt ; il devoit donc s'abftenir de décreter ; & comme il l'a fait, fon decret eft nul, comme prononcé par un Juge incompetent.

Son incompetence refulte de l'article 11. du titre 1. de l'Ordonnance de 1670. qui attribue aux Baillifs, Sénechaux & Juges Préfidéaux, privativement aux autres Juges Roïaux, & notamment à ceux des Seigneurs, la connoiffance du crime de Rapt. Et que l'on ne dife pas, que cette Loi ne parle en cet article que du Rapt de violence ; car elle diftingue clairement, qu'elle entend parler, tant du Rapt de féduction, que du Rapt de violence, en ſpecifiant le premier du terme de Rapt ſeulement, & le diſtinguant du ſecond, qu'elle denotte en ces termes, *& enlevement de perſonnes par force & violence.*

Le Rapt de ſéduction, dont il s'agit, étoit donc un cas Roïal, & par ſa nature, & parce que celui qui en étoit accuſé étoit un Prêtre. Cela étant ainſi, ſuivant l'article 16. du même titre 1. de l'Ordonnance de 1670. le Juge des lieux ne pouvoit informer & décreter que dans le cas où l'accuſé auroit eſté pris en flagrant délit ; l'accuſé n'avoit point eſté pris en flagrant délit ; donc le Juge étoit incompetent pour le décreter ; ainſi le decret qu'il a rendu eſt conſéquemment nul.

C'eſt cependant ce decret nul, ſur lequel l'Official a bâti toute ſa procedure. Peut-elle valider, quand elle a pour fondement un principe auſſi vicieux ?

En ſecond lieu, ſitôt que l'Official de Beauvais a eu connoiſſance que le délit étoit un Rapt d'une mineure *inter parentes*, il a dû appeller le Juge Roïal pour connoître du délit privilegié.

Il ſuffiroit d'obſerver combien le Rapt de ſéduction eſt un crime qui intereſſe l'état, l'honneur, le repos, la tranquilité des familles & des Citoïens, pour faire connoître qu'il eſt un cas privilegié.

D'ailleurs l'article 42. de l'Ordonnance de Blois, qui prononce *que tous ceux qui ſe trouveront avoir ſuborné fils, ou filles mineurs de vingt-cinq ans, ſous pretexte de mariage, ou autre couleur, ſans le gré, ſçû, vouloir & conſentement des peres, meres, ou tuteurs, ſoient punis de mort, nonobſtant tous conſentemens que leſdits mineurs pourroient alleguer par aprés avoir donné audit Rapt, lors d'icelui, ou auparavant,* ne rend'il pas le Rapt, dont il s'agiſſoit, un délit privilegié bien marqué, puiſque la punition de ce crime eſt une peine que l'Official ne pouvoit jamais prononcer.

Mornac ſur l'Authentique, *Clericus C. de Epiſcopis & Clericis* le decide en termes exprés. *Si ex inſpectione litis,* dit-il, *conſtet eſſe delictum Eccleſiaſticum, cognitio Judici Epiſcopali relinquitur ; contra ſi privilegiatum ac Regium, & in quo pœna ſanguinis infligi debeatur, tunc judicet Judex Regius.*

Par conſéquent, l'Official auroit dû, aux termes des Edits & Declarations, appeller le Juge Roïal, pour inſtruire conjointement avec lui & juger le cas privilegié. Il n'a pû continuer ſeul ſa procedure, ſans en donner connoiſſance au Juge Roïal, ſans entreprendre ſur la Juriſdiction de ce Juge ; & cette entrepriſe & cette contravention aux Loix formelles & préciſes du Roïaume forme un moyen d'abus général, qui infecte de nullité toute la procedure, toutes les Ordonnances & toutes les Sentences de cet Official dans le procès dont il s'agit.

Il faut preſentement démontrer les abus particuliers des Sentences dont eſt appel.

Abus de la Sentence de l'Official de Beauvais du 16 Juin 1731.

Quoique depuis l'Edit de 1695. en vertu de l'article 44. de cette Loi, les decrets décernés par les Juges d'Egliſe puiſſent être exécutés, ſans qu'il ſoit beſoin de prendre à cet effet aucun *pareatis* des Juges Roïaux, ni de ceux des Seigneurs ayants Juſtice ; l'Official n'a pû par cette Sentence ordonner que l'accuſé ſeroit aſſigné à la huitaine à cri public, & cependant que ſes biens ſeroient ſaiſis & annotés & à iceux Commiſſaire établi, ſans commettre un double abus.

Il eſt vrai que l'Ordonnance de 1670. titre 17. articles 5. & 8. & la Déclaration du mois de Décembre 1680. ordonnent aux Juges Séculiers d'uſer de ces formalités, mais les Juges d'Egliſe n'ont pas la même liberté.

Il leur eſt à la verité permis par l'Art. 62. de l'Ordonnance de Blois, de faire exécuter par leurs Appariteurs les Sentences de proviſion qu'ils auront données ſur contrats, obligations & cédules reconnuës, non excedans la ſomme de 25 l. & ce, nonobſtant, & ſans préjudice de l'appel, en donnant caution ; mais hors ce cas, ils ne peuvent faire mettre leurs Sentences à exécution, par ſaiſie d'aucuns biens temporels, & principalement d'immeubles ; il faut pour cela qu'ils ayent recours au Juge Séculier, par la ſeule autorité duquel les ſaiſies & executions peuvent être faites ; par la raiſon que le Juge Eccleſiaſtique ne peut jamais connoître des actions réelles & du temporel, ni au petitoire, ni au poſſeſſoire, dont les Loix déferent la connoiſſance au ſeul Juge Séculier, & qu'un Official étendroit ſa Juriſdiction ſur le temporel, s'il ordonnoit des

ſaiſies

faifies & annotations des immeubles des Ecclefiaftiques.

Auffi la Philippine de 1274. dit-elle, *Quod fi Epifcopus faciat miffionem in bona immobilia Clerici condemnati in actione perfonali, autoritate fuâ, poftquam res immobiles non funt de Jurifdictione fui Epifcopatûs, non videtur rationem habere.*

Balde fur le chapitre *fignificafti, de Officio Judicis delegati,* dit que l'Evêque ne peut permettre de faifir ainfi, & qu'il faut alors avoir recours au bras feculier.

Jean Faber fur le paragraphe *Item Serviana inft. de actionibus,* dit encore. *Francis cis Pontificibus, quibus actiones in rem interdicta funt, de pignoratitia quoque jus dicere vetatur.*

Dumoulin §. 41. n. 66. de la Coutume de Paris s'explique fur ce fujet en ces termes : *Non fpectat ad Epifcopum leges condere in temporalibus, in prejudicium Jurifdictionis fecularis & temporalis.*

Le Pape même, fuivant l'article 32 de nos Libertés, ne peut ufer en France de fequeftration réelle, en matiere même beneficiale ou autre Ecclefiaftique.

Fevret, Traité de l'Abus liv. 4. chapitre 9. n. 2. foutient que l'Official ne peut punir la contumace d'un défaillant, ni par fequeftration de fes fruits, ni par mife en poffeffion de fes immeubles, parce que ce feroit attenter fur la temporalité, & connoître de la poffeffion, ce qui n'eft pas permis au Juge d'Eglife.

Le Clergé même de France par l'article fecond des cinquante-fept articles qu'il prefenta au Roy en 1583. a reconnu qu'il ne pouvoit point faire faifir & annotter les biens d'un Accufé ; puifqu'il demanda alors, qu'après la premiere Sentence d'Eglife, les biens & Benefices des Simoniaques fuffent fequeftrés fous la main du Roy, par l'autorité de fes Jugés, & Officiers, régis & gouvernés par Commiffaires prépofés par les Officiers du Roy.

Voici encore ce que Jean le Coq queftion 383. raporte *Capitulum* de Saint Maixent, *fuit condemnatum in ducentis libris, eo quod cognoverat, virtute Jurifdictionis fpiritualis, de actione reali, & per Arreftum.*

Bouvot tome 2. *verbo official.* fait mention, que par Arreft du Parlement de Dijon du 18 Décembre 1617. il fut jugé qu'un Sergent ne pouvoit proceder par voye de faifie en vertu du Mandement d'un Official.

Mais pour citer à la Cour fa propre décifion ; l'Auteur du Dictionnaire des Arrêts, *verbo annotation,* rapporte que par Arreft rendu à la Tournelle au mois de Juillet 1707. la Cour a déclaré abufive la Sentence d'un Official, qui avoit ordonné une pareille faifie & annotation de biens ; le Scoliafte ajoute qu'il y en a plufieurs autres Arrefts rapportés dans les Mémoires du Clergé tome 7. page 822.

Il eft encore à propos d'ajouter cette réflexion, que dans les Procès verbaux de faifie & annotation, les Huiffiers font toujours mention, qu'ils ont appofé la main du Roi fur les effets faifis, ou qu'ils les ont mis en la main du Roi ; Or, on ne peut ainfi appofer la main du Roi, que de l'autorité des Juges Royaux, & non de ceux d'Eglife, qui ne pouroient que faire appofer la main de l'Evêque, ce qui ne fe peut, attendu, comme on vient de le démontrer, que l'Evêque n'a aucune Jurifdiction fur le temporel, ni fur les immeubles.

L'Official de Beauvais, en ordonnant que les biens de l'Accufé feroient faifis & annotés, & à iceux Commiffaire établi, a donc excedé les limites de fon pouvoir, & entrepris fur la Jurifdiction du Juge Royal ; c'eft ce qui rend d'abord fa Sentence du 16 Juin 1731. abufive.

Mais l'affignation par cri public ; ordonnée par cette Sentence, ne la rend pas moins. Jean le Coq queftion 276. foutient, que de même que le Juge d'Eglife ne peut punir le contumax, & l'obliger d'efter en Jugement par faifie & annotation de fes biens, il ne peut non plus le faire citer par cri public ; parce que cette citation eft plus de fait que de droit, & il rapporte que l'Evêque de Paris avoit été condamné en 50 liv. d'amende par Arreft de la Cour, pour l'avoir ainfi ordonné.

Boerius en fes Commentaires fur la Coutume d'Orleans §. 15. titre des Juges & Jurifdictions, confirme encore cette maxime que les Evêques, ni les Archevêques ne peuvent en France faire citer aucun Laic, ni même aucun Clerc par cri public & il autorife fon fentiment fur ce qu'il l'a vû juger ainfi plufieurs fois par les Arrefts, de la Cour contre les Evêques d'Orléans, & plufieurs autres Evêques.

La raifon de ces décifions eft encore, que les affignations à cri public ne fe peu-

C

vent faire que de l'autorité du Roi, ou de ses Juges. Papon L. 7. de ses Arrests tit. 4. n. 5. dit en termes précis : *Lettres d'autorisation d'ajournement à cri public, se doivent obtenir du Roi, autrement telles Lettres & leur execution sont nulles, & ainsi fut jugé par Arrest du Parlement de Paris du 2 Juin* 1534. Rebuffe *de citationibus* n. 75. *in Præfatione*, François Marc dans ses Décisions du Parlement de Dauphiné partie 2. question 179. n. 5. Covarruvias dans sa Pratique ch. 50. n. 7. & Fevret Traité de l'Abus l. 7. chap. 1. n. 5. se réünissent tous pour décider, qu'un Juge d'Eglise ne peut, sans abus, ordonner qu'un contumax soit assigné par cri public; ainsi on ne peut douter que l'Official de Beauvais, en ordonnant une telle assignation par sa Sentence du 16 Juin 1731. n'ait commis un second abus par cette même Sentence.

Abus dans les confrontations faites par l'Official de Beauvais.

L'Official, en procedant aux confrontations, n'a point satisfait à l'article 18. du titre 15. de l'Ordonnance Criminelle, par lequel il est enjoint au Juge, après qu'il aura fait à l'Accusé la lecture de la déposition & du récollement du témoin d'interpeller le témoin de déclarer s'ils contiennent verité. Cette omission, qui de la part d'un Juge Laïc rendroit ses confrontations nulles, est certainement un moyen d'abus contre une procedure aussi vicieuse, & aussi irréguliere de la part d'un Official.

Il faut presentement discuter les abus de la Sentence définitive du même Official.

Abus de la Sentence définitive de l'Official de Beauvais du 30 Aoust 1731.

Premierement, l'Official décide, que de la frequentation, habitude, mauvais commerce, & même habitude charnelle, qu'il y a eu entre l'Accusé & l'Accusatrice, est issu un enfant, & par-là il décide, que l'Accusé est le pere de l'enfant, & par conféquent que l'enfant est le fils de l'Accusé; ainsi l'Official a décidé de l'état de cet enfant, ce qui est formellement déclaré n'être point de sa competence par l'article 34 de l'Edit de 1695. qui fixe & regle la Jurisdiction Ecclesiastique. Cet article s'explique en ces termes.

La connoissance des causes concernant les Sacremens, les vœux de religion, l'Office Divin, la discipline Ecclesiastique & autres purement spirituelles, appartiendra aux Juges d'Eglise. Enjoignons à nos Officiers, & même à nos Cours de Parlement de leur en laisser, & même de leur en renvoyer la connoissance, sans prendre aucune Jurisdiction, ni connoissance des affaires de cette nature, si ce n'est qu'il y eût appel comme d'abus interjetté en nosdites Cours de quelques Jugemens, Ordonnances, ou procedures faites sur ce sujet par les Juges d'Eglise. Voici presentement ce qui décide en cette rencontre, *ou qu'il s'agit d'une succession, ou autres effets civils, à l'occasion desquels on traiteroit de l'état des personnes décedées, ou de celui de leurs enfans.*

Cet article décide donc formellement, que les affaires où il est question de l'état des personnes & des enfans, n'appartiennent, & ne sont point de la competence des Juges d'Eglise. Le Roi autorise même ses Officiers & ses Juges à leur en ôter la connoissance. l'Official n'a pû juger que l'enfant, à la subsistance duquel il étoit question de pourvoir, étoit issu du commerce de l'Intimé avec l'Appellante, sans juger de l'état de cet enfant, sçavoir de qui il étoit fils; & qu'il étoit né d'une conjonction illégitime. Si-tôt qu'il n'étoit point competent, pour juger de l'état de cet enfant, & que la connoissance de l'état de cet enfant appartenoit au Juge Royal, il a entrepris, en jugeant comme il a fait, sur la Jurisdiction du Juge Royal, & par-là il a commis un abus manifeste.

Avant même l'Edit de 1695. la Cour a jugé que l'Official ne pouvoit sans abus, connoître de l'état d'un enfant, dans une circonstance toute pareille à celle dont il s'agit aujourd'hui. Christophe Barguillet de la Ville de Mantes ayant eû habitude avec Nicolle Langlois de la même Ville. Cette Nicolle Langlois se voyant enceinte & fort avancée dans sa grossesse, fit citer Barguillet pardevant l'Official de Chartres, aux fins de voir ordonner, qu'elle seroit vûë & visitée, pour reconnoître si elle n'étoit point enceinte de son fait; & de plus, pour voir dire, que l'enfant, dont elle accoucheroit, seroit baptisé sous le nom de Barguillet, comme procréé de ses œuvres.

L'Official de Chartres ayant informé de tous ces faits, ordonna que Barguillet seroit amené sans scandale par devant lui, pour être oüi & interrogé. Barguillet interjetta appel comme d'abus en la Cour , & par Arrest rendu le Mardi 16 Mars 1632. rapporté par Bardet, tom. 2. liv. 1 chap. 16, la Cour fur l'appel comme d'abus interjetté par Barguillet, dit qu'il avoit été mal, nullement & abufivement cité & ordonné par l'Official. Cet Arrest prouve , comme je l'ai avancé, qu'avant même l'Edit de 1695. la Cour a jugé qu'un Official ne pouvoit décider , de l'état de l'enfant dont une fille étoit enceinte, ni prononcer que celui des œuvres duquel elle difoit qu'il provenoit, en étoit le pere , fans commettre un abus.

En fecond lieu , le Juge d'Eglife a commis une contravention aux Canons, en ne prononçant que des peines canoniques trop legeres contre l'Accufé , au lieu que les Loix Ecclefiaftiques veulent qu'un Prêtre ravilleur & inceftueux foit dégradé de fes ordres, & déclaré incapable de poffeder des Benefices.

Troifiémement , cet Official a excedé le pouvoir que lui donne fa Jurifdiction, en condamnant l'Accufé à fe charger de l'enfant, de le nourrir, entretenir , & faire élever.

S'il s'eft crû Juge competant pour charger ainfi l'Accufé de l'enfant, il devoit bien ne pas condamner fimplement l'Accufé à faire élever l'enfant, mais à le faire élever dans la Religion Catholique , Apoftolique & Romaine , claufe ufitée en ces fortes de prononciations , dont l'obmiffion eft moins excufable de la part d'un Juge Ecclefiaftique que d'un Juge Laïque , attendu que par fon état il eft plus à portée d'en connoître la neceffité & l'importance ; & de plus , il auroit dû obliger à rapporter de tems en tems des Certificats de l'exiftance de l'enfant.

Mais bien loin qu'il eût dû ajouter ces deux claufes à fa prononciation, il eft certain, qu'il a même tout au contraire commis un abus, en ftatuant fur la nourriture & l'entretien de l'enfant, par la raifon que les alimens font purement de fait, & que les demandes tendantes à obtenir des alimens , n'ont qu'un objet purement temporel, dont la connoiffance n'eft en aucune façon du Reffort du Juge d'Eglife. C'eft le fentiment de Fevret L. 4, ch. 9, n. 7. & de Filleau, partie 4, queftion 8. D'ailleurs l'Official ne pouvoit en cette rencontre condamner l'Accufé à donner des alimens à l'enfant, qu'en préjugeant que l'Accufé en étoit le pere ; & c'eft en effet fous la confideration de cette qualité, qu'il l'a condamné à les fournir ; or fi-tôt que l'on a démontré qu'il ne pouvoit juger de l'état de cet enfant, ni déclarer qui en étoit le pere, par la raifon que le Juge d'Eglife ne peut, fans entreprendre fur l'ordre public , juger de l'état des Sujets du Roi ; il n'a pû conféquemment condamner l'Accufé à fournir des alimens à l'enfant, la connoiffance de ce chef eft fi relative & fi dépendante de la queftion préalable de l'état de l'enfant, qu'il falloit qu'il fut competent pour juger de qui l'enfant étoit fils, pour pouvoir condamner quelqu'un, comme fon pere, à lui donner des alimens.

Au refte, en foutenant qu'un Official ne peut condamner à donner des alimens , on n'avance rien que la Cour n'ait préjugé par l'Arrest du 20 Mai 1628. rendu en cette même Audience, & qui eft rapporté par Bardet, tom. 1. L. 3. chap. 8. dont voici l'efpece.

L'Official de Sens dans une caufe pendante par devant lui, entre une fille & un garçon, *super fœdere matrimonii*, avoit adjugé cent livres de provifion & alimens à la fille qui fe trouvoit enceinte. Le garçon condamné à payer cette fomme, interjetta appel comme d'abus de la Sentence de l'Official. M. l'Avocat General Talon adhera à l'appel interjetté par le garçon, & la Cour prononça qu'il avoit été mal, nullement & abufivement procedé & ordonné.

Il refte à démontrer, que l'Official de Beauvais a commis encore par fa Sentence définitive un autre abus, qui ne merite pas moins d'être reprimé que ceux dont on vient de parler. Cet abus confifte en, ce qu'il a condamné l'Accufé en cent cinquante livres de dommages & interefts envers l'Appellante.

Il n'eft pas poffible de douter, qu'il n'y ait abus en cette prononciation. Fevret, qui a particulierement traité de l'abus, établit comme une maxime, L. 4. chap. 9. n. 2. que le Juge d'Eglife ne peut en quelque caufe que ce foit s'ingerer de prononcer des dommages & interefts, dont la connoiffance n'appartient qu'au Juge feculier. Cette maxime fe trouve confirmée par l'autorité des Arrefts, dont un nombre infini a en tout tems & fucceffivement décidé qu'il y avoit abus, lorfque l'Official prononçoit fur des dommages & interefts. On en trouve une infinité dans la Bibliotheque Canonique, tom. 1. p. 517. col. 2.

Papon L. 1. titre 4 nn. 4 & 11, dit d'abord qu'un mari déclaré impuissant par un Official, & condamné par la même Sentence en des dommages & interests envers sa femme, apella comme d'abus de son jugement, en ce qu'il l'avoit condamné en des dommages & interests ; & que la Cour par Arrest du 12 Aoust 1556. prononça qu'il y avoit abus, en ce que ce Juge avoit prononcé des dommages & interests, pour lesquels on renvoya devant le Juge Laïc.

Il ajoute ensuite que par Arrest du 14 Fevrier 1550. pareille chose fût jugée à l'occasion de la Sentence d'un Official, qui avoit condamné un garçon en des alimens envers une fille enceinte.

Anne Robert, L. 3. de ses Arrests, qui en rapporte un pareil, rendu dans des circonstances toutes semblables, s'exprime à l'occasion de notre question, en des termes bien remarquables.

Qu'on ne dise pas, dit-il, *In omnibus Judicem illum, cui principalis causa cognitio competit, posse de accedenti & accessorio simul etiam cognoscere.* Il prouve par des exemples que cela ne doit point avoir toujours lieu ; ensuite de quoi il ajoute : *Inde fit ut jurisdictio Officialis, neque principaliter, neque etiam accessorie prorogari queat. Itaque, in hac causa, cum Judex Ecclesiasticus de damnis & eo quod interest pronunciare ausus fuerit, atque ita cognitionem pecuniariam sibi arrogare, dicendum est eum abusivè pronunciasse. Maneant unicuique jurisdictionis suæ fines, nec Judices Ecclesiastici in regiam jurisdictionem irrumpant, aut quidquam usurpare præsumant. Sufficiat Officialibus, cæterisque Ecclesiasticis Judicibus, si eis spirituales & ecclesiasticæ controversiæ, omni remota cognitione pecuniaria, relinquantur.*

Bardet, tom. 1. L. 2. ch. 19. & tom. 2. L. 2. ch. 7. en cite deux, l'un du 4 Mai 1624. & l'autre du premier Fevrier 1633. tous deux rendus sur les Conclusions de M. Talon ; dont le motif de la décision fut, parce que l'Official avoit prononcé, *Super re pecuniaria.*

Dans le cas particulier dont il s'agit, l'Official devoit moins que dans aucune autre rencontre prononcer des dommages & interests, attendu que lorsque son Promoteur revendiqua l'affaire en la Justice de Monchy, le Juge Seculier ne défera par son Ordonnance du 14. Mars à la revendication, qu'en se reservant expressement la connoissance des poursuites de la fille pour ce qui concernoit les interests civils. Et que par la premiere Requeste que Bordé & sa fille lui presenterent le 16 Avril 1731, ils se reserverent encore en termes formels de se pourvoir pour les interests civils pardevant Juge competent. Le Juge de Monchy, & les Appellans, ayant prévenu l'Official de son incompetence par rapport aux dommages & interests, il devoit moins que jamais y statuer.

Pour achever de convaincre de la justice des conclusions des Appellans, il faut presentement démontrer que les abus de la procedure & de la Sentence de l'Official Métropolitain ne sont ni moins importans, ni moins sensibles, que ceux de l'Official ordinaire.

Abus de la Procedure & de la Sentence définitive de l'Official de Reims du 26 Juin 1732.

Premierement, sur l'appellation du procès instruit à l'extraordinaire par récollement & confrontation, l'Official a ordonné un appointement à fournir griefs, en execution duquel les Parties ont écrit & produit comme en Procès Civil. Par-là, il est contrevenu formellement à la disposition du titre 23 de l'Ordonnance de 1670. dont l'article premier défend en géneral tous appointemens en matiere criminelle, & le second s'explique en ces termes :

Abrogeons aussi l'usage de fournir de conclusions civiles, défenses, avertissemens, inventaires, contredits, causes & moyens de nullité, d'apel, griefs & réponses, commandement, ou forclusion de produire, ou contredire, pris à l'Audience, ou au Greffe.

Cet appointement a engagé les Parties à fournir de griefs, de réponses à griefs, de salvations & d'Inventaire de production, qui n'ont fait qu'envelopper, embarrasser l'affaire, la traîner en longueur, & engager les Parties dans de grands frais, ce qui forme une multitude d'inconveniens, auxquels l'Ordonnance s'étoit proposé d'obvier & de remedier ; ainsi l'appointement est abusif, & parce qu'il est une contravention à une disposition prohibitive de la Loi, & parce qu'il a donné lieu à une multitude de procedures, dans la confection desquelles la Loi a jugé qu'il y avoit de l'abus.

Le

Le second abus que l'Official Métropolitain a commis, résulte de ce qu'il a ordonné le 22 Septembre 1731. sur la Requête de l'Accusé, que M. l'Evêque de Beauvais seroit mis en cause, pour prendre le fait & cause de son Promoteur, l'avoüer, ou désavoüer, & voir infirmer avec lui la Sentence de son Official.

Il est certain que de tout tems, jamais un Official Métropolitain n'a pû sans abus faire citer devant lui les Evêques suffragans de la Métropole. Par le Reglement rapporté dans la huitiéme partie des Mémoires du Clergé, tit. 2. il est prouvé, que les Promoteurs Superieurs sont tenus de prendre en main, & poursuivre gratis les causes dévoluës des Promoteurs inférieurs, au cas qu'il n'y ait partie civile qui poursuive. En second lieu, du Luc liv. 2. ch. 1. aux Additions, rapporte deux Arrests des années 1550. & 1553. par lesquels il fut jugé, qu'il y avoit abus, en ce qu'un Official Métropolitain avoit fait citer devant lui les Evêques suffragans.

Fevret Liv. 4 ch. 3. n. 13. de son Traité de l'Abus, rapporte, que l'Official de Sens ayant entrepris de faire citer ainsi devant lui les Evêques de Chartres & de Meaux, ils en interjetterent appel comme d'abus, & que la Cour, par Arrest donné en 1577. prononça, qu'il avoit esté abusivement procedé, cassa la citation, & ordonna que les Evêques suffragans ne seroient tenus de répondre & obéïr, sinon aux Archevêques en personne, & non à leurs Vicaires & Officiaux. Fevret fait encore mention de deux autres Arrests semblables, rendus par la Cour, sur les appellations comme d'abus, interjettées en pareil cas par les Evêques de Troyes & de Nevers, qui avoient esté pareillement cités devant l'Official Métropolitain de Sens.

Mais sans aller prendre les choses de si loin, l'Edit donné par Louis XIII. à Fontainebleau au mois d'Octobre 1625. rapporté dans les Mémoires de Clergé tome 2. page 69. porte expressément, *Que les Evêques, leurs Grands Vicaires, Officiaux & autres Juges Ecclesiastiques, ne seront tenus doresnavant de comparoir aux assignations qui leur seront données sur les appellations comme d'abus interjettées de leurs jugemens; défend aux Parties de les intimer, & aux Juges de les contraindre d'y répondre, & de constituer Procureur, excepté toute fois les Procès, où il n'y aura point de Parties civiles, esquels les Promoteurs desdites Jurisdictions Ecclesiastiques pourront être intimés, & seront tenus de répondre.*

L'art. 43. de l'Edit de 1695. prouve plus clairement, que sur l'appel simple même, l'Official Métropolitain ne peut ordonner que l'Evêque soit mis en cause; voici comme s'explique cette Loi: *A l'égard des Ordonnances, ou Jugemens, que les Officiaux auront rendus, & que les Promoteurs auront requis dans la Jurisdiction contentieuse, les Evêques ne pourront être pris à partie, ni intimés en leurs propres & privés noms, si ce n'est en cas de calomnie apparente, & lorsqu'il n'y aura aucune partie capable de répondre des dépens, dommages & interests, qui ait requis, ou qui soutienne leurs Ordonnances, ou Jugemens, & ils ne seront tenus de défendre à l'intimation, qu'après que les Cours de Parlement l'auront ainsi ordonné en connoissance de cause.*

Dans le cas dont est question, il n'y avoit point d'apparence que l'accusation intentée contre l'Intimé fût une calomnie. Bordé & sa fille soutenoient le jugement de l'Official en cause d'appel, Bordé pere répondoit des dommages & interests, si par l'évenement il y eût eu lieu d'en prononcer; c'est donc sans nécessité, & au préjudice de la défense de la Loi, que l'Official Metropolitain a ordonné que l'Evêque seroit mis en cause; il en résulte une contravention manifeste à deux Loix, faites précisément pour regler la Jurisdiction Ecclesiastique, que l'Official n'a pû, ni dû ignorer, & une entreprise de l'Official sur les prérogatives de l'Evêque Diocésain de l'Accusé, ce qui produit un abus, qui mérite toute l'animadversion de la Cour.

Quoique M. l'Evêque de Beauvais eût pû se dispenser de comparoître sur une telle citation; informé qu'il étoit de la vie déreglée & de la conduite scandaleuse qu'avoit tenu le Prêtre son Diocésain; dans la vûë de corriger l'Accusé, & de le ramener par une pénitence salutaire à expier sa faute, & à reprendre l'esprit de son état, il constitua Procureur en l'Officialité Metropolitaine. Le premier appointement du 15 Décembre 1731. fut déclaré commun avec lui par Sentence du 22 Mars 1732. en quoi l'Official retomba une seconde fois dans la contravention abusive où il étoit tombé d'abord, & dont on a parlé cy-dessus.

L'Evêque, pour l'honneur du Sacerdoce, & pour la manutention de la discipline Ecclesiastique, se fit un devoir d'attester à l'Official la conduite reprehensible & scandaleuse de son Prêtre, & à demander en conséquence, que la Sentence de son Official

D

fût confirmée, au chef où elle prononçoit juſtement à cet égard contre l'Accuſé quelques peines canoniques; & par rapport au ſurplus de la Sentence, comme il s'aperçût ſans doute, que ſon Official avoit prononcé ſur des chefs qui n'étoient pas de ſa compétence, il déclara, qu'il laiſſoit à Bordé & à ſa fille, à en ſoutenir le bien jugé.

L'Official Métropolitain, ſans égard à ſa demande, l'a condamné aux dépens; de là naît une nouvelle contravention & un quatriéme abus.

En cette rencontre, ce n'eſt point l'Evêque qui avoit fait faire le procès à l'Accuſé. Son Promoteur l'a pourſuivi ſur la plainte d'une Partie civile, & en ce cas, ni l'Evêque, ni le Promoteur ne peuvent être condamnés aux dépens, mais ſeulement la Partie civile qui auroit mal-à-propos accuſé. Mais quand bien même l'Evêque auroit ſeul eſté Partie, l'Official Metropolitain n'auroit encore pû condamner l'Evêque aux dépens, parce que l'Evêque, à la difference de tout autre Accuſateur, eſt particulierement obligé par ſon état, & la Juriſdiction qu'il exerce, à pourſuivre les Prêtres criminels. Comme le motif qui le fait agir en ces rencontres, eſt toûjours pur, & n'a pour but que la correction des mœurs des Eccleſiaſtiques, & l'honneur du Sacerdoce, il ſeroit à craindre que l'apprehenſion de ſuccomber en des dépens ne ralentit, ne retardât, ou n'anéantit ſon zéle. Auſſi l'Edit de Louis XIII. du mois d'Octobre 1625. fait-il défenſe de les condamner aux dépens, ſinon au cas de calomnie manifeſte? Or, quoique l'Official Métropolitain ait déchargé des accuſations, il eſt évident, qu'il n'a jamais pû regarder la plainte rendue contre l'Intimé, comme une calomnie.

Outre que l'Official Métropolitain eſt tombé dans le même abus que l'Official de Beauvais, en jugeant, ſans appeller le Juge Royal pour le cas privilegié, une accuſation, où il étoit queſtion du rapt d'une mineure *inter parentes*; qui avoit même eſté commis par l'Accuſé, avec un ſcandale public: Sa contravention aux Ordonnances, eſt encore plus digne de réprehenſion, attendu, que par l'interrogatoire du 26 Juin 1732. il a eu connoiſſance par la bouche même de l'Accuſé, qu'il étoit parent au troiſiéme degré, de la fille qu'il avoit ſéduite & ravie; circonſtance qui a aggravé le crime, d'autant plus même, que le ſéducteur ayant un dégré au-deſſus de la mineure ſéduite, *ſpecies parentis referebat*, aux termes des Loix Civiles & Canoniques; c'eſt-à-dire, qu'il devoit ſe regarder comme ſon pere. L'Official Métropolitain a donc eu connoiſſance que le délit étoit doublement privilegié; cependant il a rendu ſa Sentence définitive, ſans appeller le Juge Royal. Qui peut douter après cela que ſa conduite n'ait eſté des plus abuſive, & que ſa Sentence ne le doive être pareillement déclarée? Cinquiéme moyen d'abus.

Cette affectation de ſa part, de ſouſtraire la connoiſſance du délit au Juge Roïal, le peu d'égard qu'il a eu à la demande que M. l'Evêque de Beauvais a formée, à ce que la Sentence de ſon Official fût par lui confirmée au chef des peines canoniques; qu'elle prononçoit; l'entiere & pleine juſtification; qu'il lui a accordé contre toute apparence, ſont manifeſtement connoître encore, que l'Official a abuſé de l'autorité qui lui étoit confiée, en l'employant, au mépris des Loix Eccleſiaſtiques & civiles, à procurer l'impunité à un Prêtre des plus criminel.

Il paroît par le Chapitre, *Quæſitum, extra, de cohabitatione Clericorum & mulierum*, que l'Egliſe, pour donner plus d'horreur des concubinaires publics, défend d'aſſiſter aux Meſſes qu'ils celebrent & de recevoir d'eux les Sacrements; quand ils ont eſté convaincus de ce crime en Jugement, ou quand leur déſordre eſt ſi connu qu'on ne peut en douter; cependant quoique les déſordres de l'accuſé fuſſent ſi connus à Monchy, qu'ils y étoient devenus le ſujet des chanſons du peuple, que l'on y ſçut, à n'en pouvoir douter, qu'il avoit eſté déclaré düement & ſuffiſamment atteint & convaincu par l'Official de Beauvais, que l'évidence du crime fût de notorieté publique, l'Official Métropolitain, ſans mettre le moindre intervale entre le crime & la participation du plus auguſte de nos Myſteres, le renvoïe aux fonctions les plus éminentes & les plus ſaintes du Sacerdoce, dans le lieu même qu'il avoit ſcandaliſé par ſa conduite criminelle.

Aucun remords n'arrête le criminel. Il ſe preſente pour aſſiſter au Chœur; ſes propres confreres lui en réfuſent la porte. Il oſe monter à l'Autel, pour y offrir l'Agneau ſans tache; le peuple fuit & improuve par ſa conduite & l'indulgence de l'Official Metropolitain & la temerité criminelle du Prêtre inceſtueux. Ce foible recit des ſcandales, que la Sentence de l'Officialité Metropolitaine a cauſé, ne ſuffiroit il pas feul, pour porter la Juftice, à la declarer abufive, pour pouvoir pourfuivre la réparation du crime qu'elle tolere ?

L'Official réünit en fa perfonne deux fonctions incompatibles.

L'Official Metropolitan réünit en fa perfonne le Titre & la qualité de Penitencier à celle d'Official. Depuis long-tems les Canoniftes ont regardé la réünion des fonctions d'Official & de Penitencier comme fujettes à de grands inconvenients ; En effet, il eft toujours à craindre, que la connoiffance qu'un Penitencier peut avoir des crimes, par la confeffion facramentelle, n'ait part aux Jugements qu'il rend enfuite comme Official ; que les preuves judiciaires de l'accufation n'étant pas convain-quantes, l'Official qui connoîtroit la verité du fait, par la voïe fecrette de la Confef-fion, ne fe laiffat déterminer, parce qu'il n'auroit pû fçavoir comme Juge ; ou tout aucontraire, qu'après avoir pardonné les crimes au Tribunal de la penitence, il n'eut pas la force d'en ordonner la punition en Jugement.

C'eft par des confiderations à peu près femblables, que la Cour, par fon Arreft de reglement du 15 Mars 1611. à d'abord ordonné, que les fonctions de Promoteur & de Penitencier feroient incompatibles ; & qu'enfuite, dans la caufe du Curé de Proyart contre M. l'Evêque d'Amiens, fur les conclufions de M. Talon, à préfent Préfident à mortier, par Arreft rendu en la Tournelle le 2 Septembre 1714. elle a ordonné, que l'Official d'Amiens, qui étoit en même tems Penitencier, feroit tenu d'opter dans trois mois, laquelle des deux fonctions il entendoit exercer.

Abus commun aux Sentences des deux Officiaux.

Tous les deux Officiaux ont par leurs Sentences définitives nommé l'accufé & l'accufatrice, qui eft une laïque ; Or c'eft une maxime certaine, qu'un Official, dont toute la Jurifdiction confifte, dans un cas tel que celui dont il s'agit, à corriger fecrettement & charitablement l'Ecclefiaftique, manque à un devoir effentiel à fon état, lorfque par fa Sentence il rend le crime & les noms de l'accufé & de l'accufatrice publics ; l'honneur même du facerdoce exigeoit de lui plus particulierement en cette rencontre, cette attention & cette prudence ; mais l'abus eft manifefte, lorfqu'il nomme par fa Sentence une laïque, & fur tout une laïque, qui avoit autant d'intereft à cacher fon nom & fes malheurs, comme celle dont il s'agit.

Les informations peuvent contenir le nom des Accufateurs & des Accufés ; elles le doivent même, pour conftater indubitablement, fi c'eft de tel, ou tel individu, que les Témoins ont entendu parler. Outre que la neceffité les juftifie à cet égard, c'eft qu'il n'en refulte aucun inconvenient, puifqu'elles reftent & demeurent toujours fecrettes, renfermées dans le dépôt du Greffe, & qu'ainfi perfonne ne peut avoir aucune connoiffance de ce qu'elles contiennent ; mais l'Official n'a pû par fa Sentence, qui pouvoit paffer dans les mains de tout le monde, diffamer une laïque, qui naturellement n'étoit point fa jufticiable, inftruire la Ville & la Province d'évenemens fcandaleux, que l'honneur & la reputation de l'accufatrice demandoient de tenir fecrets, & mettre chaqu'un en état de fçavoir le nom de celle qui y avoit eu part.

L'Intimé eft non-recevable à contefter l'abus des Sentences & des procedures.

On n'a fcrupuleufement rendu compte de toutes les procedures dans la plaidoyrie, que pour établir cette fin de non-recevoir. Lorfque l'on en pefe toutes les circonftances, non-feulement il en refulte cet avantage pour les Appellants, mais l'on y découvre tous les détours artificieux qu'un criminel employe ordinairement pour fe procurer l'impunité.

Le Juge de Monchy inftruit d'abord. L'affaire étoit trop publique fur les lieux, il fait revendiquer le procès par le Promoteur de Beauvais. Il n'eft pas plûtôt en l'Officialité, qu'il fait porter les charges & procedures au Greffe du Préfidial de Beauvais. Elle revient en l'Officialité, on l'y affigne pour fubir Interogatoire, il ne comparoît point. Il fe prefente enfin, pour être interrogé ; mais il commence par protefter de nullité de toutes les procedures, tant de celles faites à Monchy, qu'en l'Officialité &

D ij

déclare, qu'il ne paroît que comme forcé. A chaque procedure qu'il fait, ou que l'on fait contre lui, il réitere ses protestations. On ordonne qu'il sera confronté aux Témoins, on l'assigne à cet effet ; la crainte d'être convaincu lui fait, pour éluder cette confrontation, interjetter appel comme d'abus de toutes les procédures, qu'il soutient nulles. On le decrete de prise de corps ; il se presente, mais l'inquietude que lui causoit son crime, lui fait aprehender & retarder à se mettre en prison. Il est condamné, nouvel appel comme d'abus. Il neglige cet appel, & se pourvoit par appel simple devant l'Official Metropolitain ; il y conclut à ce qu'il soit dit, qu'il a esté mal, nullement procedé, informé, decreté & jugé par la plainte, permission d'informer, decret, Jugemens de conversion de decrets & Sentence deffinitive, & à ce que toute la procedure fut declarée nulle. Par quelle fatalité faut-il, qu'il n'y ait que la procedure & la Sentence du Juge qui le justifie, qu'il trouve regulieres ?

Après toutes ces protestations, l'Intimé peut-il soutenir la validité des procedures & des Sentences dont est appel, & empêcher qu'elles ne soient declarés abusives ? Tant de faux fuians n'annoncent ils pas le coupable ? L'innocence, que la securité rassure n'est point accoutumée à se servir de pareilles tergiversations.

Les Appelans supplient la Cour de leur permettre de lui faire encore, avant de finir, quelques observations, qu'ils jugent necessaires pour établir leurs demandes.

OBSERVATIONS.

1°. Bordé est un homme plus simple encore que son état ne l'annonce. C'est un Procureur d'une Justice de Village qui l'a conduit dans toute cette affaire. L'aprehension d'impliquer trop sa fille dans l'accusation, ou l'imperitie de celui qui l'a guidé, fait que sa plainte ne contient aucune mention de la parenté ; ainsi si la Cour renvoïoit devant les Juges qu'on lui a demandé, pour instruire sur les premieres plaintes seulement, l'inceste demeureroit impuni. C'est pour parer à cet inconvenient, que les Appelans ont conclu, à ce que l'interrogatoire subi par l'Accusé à Reims, par lequel il a avoué la parenté qu'il y avoit entre lui & celle qu'il a séduite, fut porté devant les Juges que la Cour commettra, pour leur servir d'addition de plainte.

Quoique l'inceste soit le crime de deux, néanmoins, comme ce qui l'occasionne en cette rencontre, est un Rapt de seduction & de violence, il ne paroît pas, que l'Appellante puisse encourir pour cela aucune peine. C'est une maxime, qu'en punissant le ravisseur, on regarde toûjours la mineure ravie comme assés punie par le deshonneur qui résulte de la seduction. La simplicité de celle dont il s'agit l'excuse autant que sa minorité.

S'il paroît qu'elle avoit 23 ans lorsque le séducteur a consommé le crime, il avoit plusieurs années auparavant commencé à employer la seduction sur son cœur & sur son esprit ; ainsi les approches de la majorité ne peuvent la rendre défavorable ; & tel est le crime du ravisseur, qu'il a été médité & réflechi pendant un long espace de tems, sans que ni la participation des Sacremens, ni aucun retour sur lui-même l'en ait pû detourner. C'est une espece de justification pour l'Appellante, au contraire, qu'il n'ait pû parvenir à le commettre, qu'après une certaine succession d'années.

Si l'inceste est puni, l'Intimé doit perdre le Benefice dont il joüit à Monchy. Tant qu'il y demeurera, il y causera du scandale. S'il est forcé d'en sortir, cela affoiblira les idées & les discours défavantageux, que sa présence fait avoir & tenir sur le compte de l'Appellante ; il lui importe donc beaucoup de conclure comme elle a fait.

2°. L'article deux de la Déclaration de 1678. veut, que les Procès des Ecclesiastiques, pour les cas privilegiés, soient faits conjointement, tant par les Juges d'Eglise que par les Juges Royaux ; & que les Officiaux soient tenus d'appeller les Juges Royaux à cet effet.

Il y avoit cas privilegié, l'Official n'a pas appellé le Juge Royal. Il a instruit & jugé tout seul. L'article huit de la Déclaration de 1678. prononce en ce cas la nullité de sa procedure ; qu'elle sera refaite à ses dépens, & qu'il doit être condamné aux dommages & interests des parties ; il n'est donc pas possible, sans éluder la disposition de la Loi, de ne pas ordonner, comme les Appelans le demandent, que toute la procedure du Juge d'Eglise soit refaite aux dépens de l'Official de Beauvais. Par quelle faveur seroit-il dispensé d'une peine, que l'art. 24 du tit. 15 de l'Ordonnannance de 1670. prononce en général contre toute sorte de Juges, &

que la Cour fait toujours encourir aux Juges Laïcs, lorſqu'ils ont commis des nullités ?

Si n'y avoit que la Sentence deffinitive de ce Juge qui fût abuſive, quoſ le ce
Juge, independamment du fait des Parties, dût ſçavoir les chefs ſur leſquels il poivoit,
ou ne pouvoit pas prononcer ; néanmoins les Appelans auroient de la répugnance
à conclure comme ils ont fait à cet égard contre lui, attendu que la Requeſte que
leur Procureur a donné ſous leurs noms le premier Juillet 1731. l'a induit à prononcer des condamnations ; ſur leſquelles il étoit incompetent pour ſtatuer ; mais
il eſt queſtion de recommencer toute la procedure de cet Official, dont les nullités n'ont point été occaſionnées par les Appellans ; & il y en a même quelques-unes
dans la Sentence définitive, que les Appellans n'ont point non-plus occaſionnées;
Partant, ils ont droit de conclure, à ce que la Procedure ſoit refaite aux dépens de
l'Official de Beauvais ; & ils ſe puniſſent eux-mêmes de l'imprudence de leur Procureur, en ne concluant point contre cet Official en des dommages & intereſts.

3°. Comme il ſeroit fâcheux pour les Appellans, après avoir déja paſſé par quatre
degrès de juriſdiction, que la procedure qui va être recommencée, contient encore
quelque nullité, dont l'Intimé ne manqueroit pas de profiter pour interjetter un
nouvel appel comme d'abus, pour éviter ſa condamnation ; les Appellans ont oſé
ſupplier la Cour d'exciter l'attention des Juges, qui ſeront commis de nouveau, en
leur faiſant injonction d'obſerver les Ordonnances & ſes Arrêts de reglement.

La Juſtice du ſurplus des Concluſions ; n'a pas beſoin d'aucune demonſtration.

Tout ſe réunit & tout concourt à faire déclarer abuſives les Sentences & les procedures dont eſt appel ; les entrepriſes des Officiaux ſur les Juges Royaux, leur incompetence pour juger ſeuls les accuſations dont il s'agiſſoit, & les contraventions
manifeſtes aux Ordonnances ; où ils ſont tombés.

Les moyens d'abus n'avoient pas beſoin d'autorités pour faire impreſſion ; ils ſont
ſi conſtamment reconnus pour tels, qu'il ſuffiſoit de les articuler ; pour convaincre
de leur validité.

Aufond, un Prêtre comblé de bien-faits par le pere de ſa couſine mineure, par une
ingratitude ſans exemple, viole les droits de l'hoſpitalité, pour la ſéduire & la ravir.
Un âge mur ; un tems conſiderable ; la ſainteté de ſon caractere ; ne peuvent refre-
ner ſes deſirs criminels. Celui qui devoit édifier par ſon exemple, cauſe pendant le
cours d'une ſi funeſte paſſion, des ſcandales publics ; en la faiſant paroître dans les
fonctions mêmes les plus ſaintes de ſon miniſtere. Les évenemens & les ſuites funeſ-
tes que cette fatale paſſion a produit, ont ajouté de nouveaux ſcandales aux pre-
miers. Il a deshonoré ſa couſine ; & l'a mis hors d'état de pouvoir jamais penſer à
faire aucun établiſſement. Non content de l'avoir par ſes crimes perdu de réputation ; il s'efforce de la couvrir d'un nouveau degré d'oprobre, en la faiſant paſſer
publiquement pour une proſtituée. Cependant ; ſi la Sentence de l'Official de Reims
ſubſiſtoit ; bien loin que l'Intimé ſuportât la moindre des peines qu'il merite ; la mineure ſéduite ſupporteroit tous les dépens faits dans trois Juriſdictions ; & ſeroit encore condamnée à récompenſer le crime de l'Intimé ; en lui donnant des dommages & intereſts ; ce qui révolte l'eſprit & la raiſon. L'Intimé, qui vit néanmoins dans
cette confiance ; bien-loin de rougir de ſon crime, aſſiſte avec un front d'airain aux
Audiances de la Cour, où il en entend pourſuivre la vengeance. Enfin il joint l'impieté
à l'impudence. Et pour comble d'horreur, convaincu dans le Diocèſe de Beauvais
des plus grands crimes, par la notoriété publique, & par la Sentence de l'Official;
ſans aucuns remords, ſans penitence & retraite préalable, il y fait frémir le peuple,
qui le voit paſſer d'un inceſte public aux fonctions les plus ſaintes du Sacerdoce.

N'eſt-il pas tems que la Juſtice arrête le cours de ces profanations & tire vengeance de celui qui en eſt coupable ? C'eſt ici une occaſion convenable, pour dire avec
l'Empereur Theodoſe dans ſa Novelle De ſepulcris. *Vehementius puniendus eſt, quem
peccaſſe mireris. Scelus omne gravius facit claritudo perſonæ. Intolerandum nimis, execrabile,
non ferendum, induere titulum ſanctitatis, & abundare criminibus.*

Mᵉ. BRIQUET, Avocat.

MOREL, Proc.   PREVOST, Proc.

A Paris, chez MESNIER, Imprimeur-Libraire, rue Saint Severin,
Soleil d'Or. 1734.